삼남삼녀

어르신 이야기책 _106 짧은글

삼남삼녀

초판 1쇄 발행일 2018년 3월 9일

지은이 김태길
그린이 남인희
펴낸이 이원중

펴낸곳 지성사 출판등록일 1993년 12월 9일 등록번호 제10-916호
주소 (03408) 서울시 은평구 진흥로1길 4(역촌동 42-13) 2층
전화 (02) 335-5494 팩스 (02) 335-5496
홈페이지 지성사.한국 | www.jisungsa.co.kr 이메일 jisungsa@hanmail.net

ISBN 978-89-7889-355-8 (04810)
978-89-7889-349-7 (세트)

잘못된 책은 바꾸어 드립니다. 책값은 뒤표지에 있습니다.

이 도서의 국립중앙도서관 출판예정도서목록(CIP)은 서지정보유통지원시스템 홈페이지 (http://seoji.nl.go.kr)와 국가자료공동목록시스템(http://www.nl.go.kr/kolisnet)에서 이용하실 수 있습니다. (CIP제어번호: CIP2018005468)

어르신 이야기책 _106 짧은글

삼남삼녀

김태길 글 · 남인희 그림

지성사

1

벌써 9년 전 일이다.

첫아이가 아직 태중에 있었을 때 그것은 틀림없는 아들이었다.

우선 혈통으로 보아서 아들이 분명하다.

우리 할아버지는 5남 1녀를 두셨고

아버지는 3남 1녀의 아버지요,

형님은 아들만 고스란히 삼형제를 뽑은 전통이 있다.

그보다도 더 확실한 것은 음양의 이치이다.

수십 년간 주역 공부를 독실히 했다고 자부하시는

아버지의 괘효에 의하면 남성임에 틀림없었다.

아버지께서도 이번 낳을 새 손자에 대해서

지대한 관심을 가지시고 산기가 있던 날 새벽에는

손수 여의사를 불러오셨다.

초산을 보통 산파에게 맡기기엔 염려가 되셨던 것이다.

여의사가 여아라고 선언했을 때 아무도 곧이들으려

하지 않았으나 물적 증거가 뚜렷한 이상 도리가 없었다.

아버지께서는 그 아이가 원래 선달이 날 달인데

며칠 조산이 되어서 동짓달에 나왔으니 그럴 수밖에

없다고 변명하셨다.

과연 생일은 음력 11월 말일이다.

하루만 더 참았으면 될 것을 애석하기 짝이 없다.

2

둘째아이가 생긴 것은 피난지에서였다.

아버지는 이미 돌아가시고
주역을 풀어 음양을 계산할 사람은 없었으나
이번만은 남자가 틀림이 없었다.

첫째로 아기를 가진 사람의 배 모양이 그것을 증명한다.

아랫배가 볼쏙 나오면 여자이지만 저렇게 둥그스름하게
배가 부르고서야 남자가 아닐 리 없다는 것이
이웃집 할머니들의 오랜 경험에서 우러난 일치된 견해였다.

둘째로 첫아이의 탯줄의 위치가 그것을 증명한다.

어머님의 분명한 기억에 의하면 첫아이의 탯줄은 태반 한복판에 똑바로 박혀 있었다.
그리고 이것은 다음에 남자 동생을 볼 확실한 전조였다.

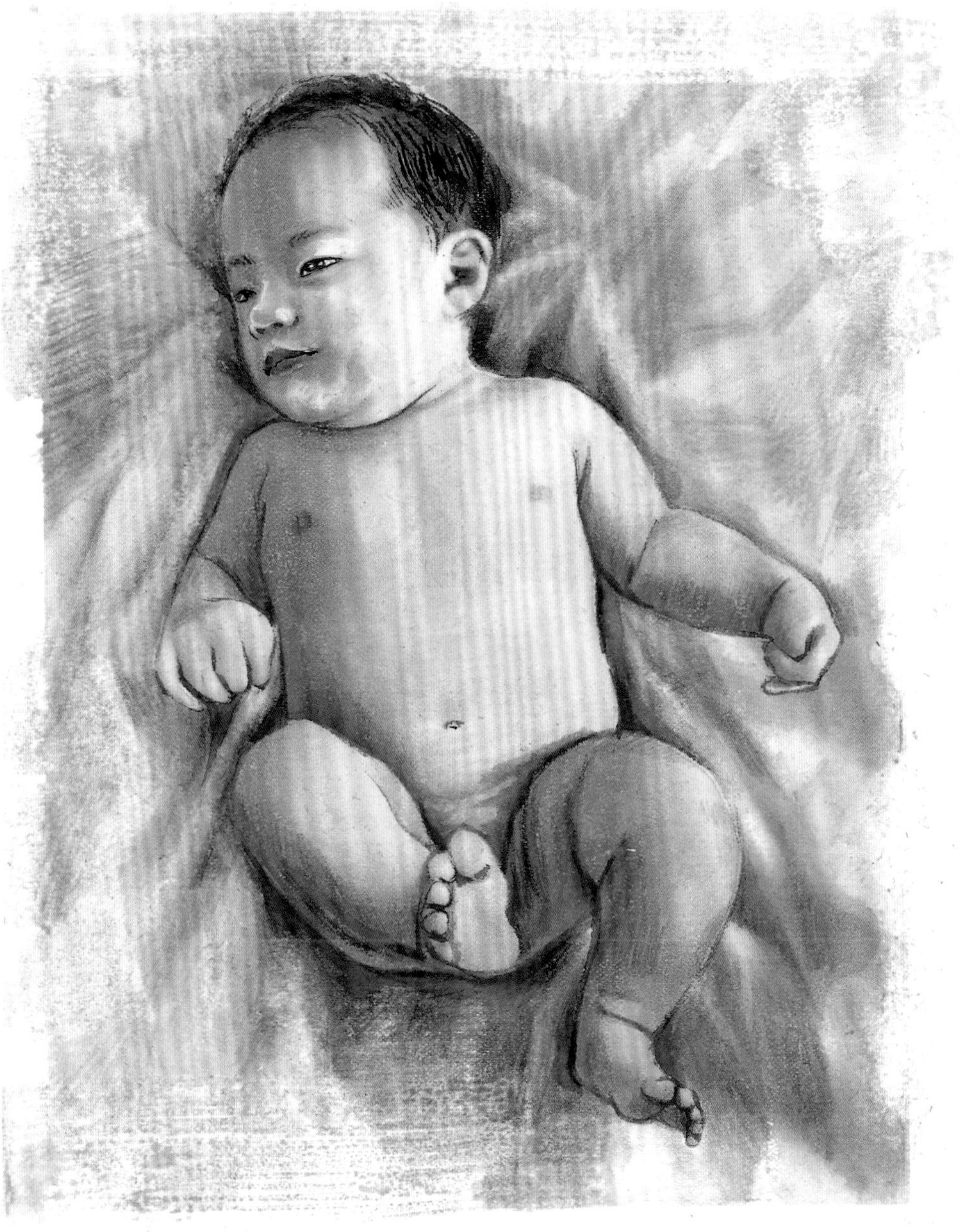

셋째로 입덧이 그것을 증명한다.

첫아이가 섰을 때에는 싱거운 것이 몹시 입맛에 당기더니 이번에는 신 것은 꼴도 보기 싫고 단 것이 비위에 당기니 이것은 정반대의 결과를 가져올 징조였다.

여자 같으면 운동이 작고 빠르게 '꼼틀꼼틀' 할 터인데
이놈은 크고 느리게 '굼틀굼틀' 하는 폼이
대장부의 기상이 완연하다.

달 수가 차서 그 대장부가 세상 밖으로 나타났을 때는
여자로 변장을 하고 있었다.
매우 간단하면서도 치명적인 변장이었다.

짤막하게 깎은 머리라든지 평평한 가슴이라든지

그리고 화장기 하나 없는 얼굴이라든지

전체로 보면 남자가 분명했음에도 불구하고

오직 한 곳에 짓궂은

여자의 상징을 달고 있었던 것이다.

크게 충격을 받지 않은 것은 나 한 사람 정도였다.

산모의 낙심은 말할 것도 없거니와

어머님께서는 산실을 들여다보지도 않으셨다.

그러나 이웃집 할머니들이 받은 충격은

순식간에 풀려 사라졌다.

여아를 낳았다는 이야기를 듣던 찰나에는

잠깐 의외라는 표정을 지었으나

이 표정은 바로 깊은 진리를 터득한 사람들이 으레 하는

납득의 표정으로 돌변하였다.

간단히 말하자면 모든 일에는 예외가 있다는 것이다.

남자가 틀림없다고 가장 자신만만하게 장담하던
앞집 숙이 할머니는 여자가 오히려
남자보다 낫다는 새로운 이론까지 들고 나섰다.

옛날엔 모르지만 요즈음 세상에
무슨 차별이 있느냐는 말이다.

여자도 장관이 될 수 있고 대통령이 될 수 있다.
낳는 순간에는 좀 섭섭할지도 모르나,
키우는 재미로 말하면 여자 아이가 제일이라는 것이다.

그 재롱이 남아에 비할 것이 아니고

그 삽삽한 인정이 머슴애의 유가 아니다.

부모가 죽었을 때 더 슬프게 우는 것은 언제나 따님들이다.

그리고 요즈음 청년들은 제 부모보다도

장인 장모를 더 위한다. 그리고 또…….

뒷집 광식이 할머니도 동감이었다.

뿐만 아니라 이분에게는 더욱 철학적인 달관까지 있었다.
순산만 했으면 다행이지
그 이상 무엇을 더 바라느냐는 것이다.

모두 다 지당한 말씀이었다.

다만 나는 숙이가 여자 동생을 보았을 때
숙이 할머니 자신은 며칠 동안
식사도 잘 하지 않았다는 이야기를 상기했다.

그리고 광식이 어머니가 일찍이 작고한 것은
그가 셋째 번 아기를 낳던 날이고
새로 들어온 광식이 어머니는 그 시어머니와
뜻이 잘 맞지 않는다는 것은 후일에 들은 이야기다.

안동 할머니께서는 이번은 이왕에 그렇게 되었지만
다음 기회를 위해서 묘방을 쓰자고 제안하셨다.

어린 것의 이름에 '사내 남男' 자를 넣자는 것이다.

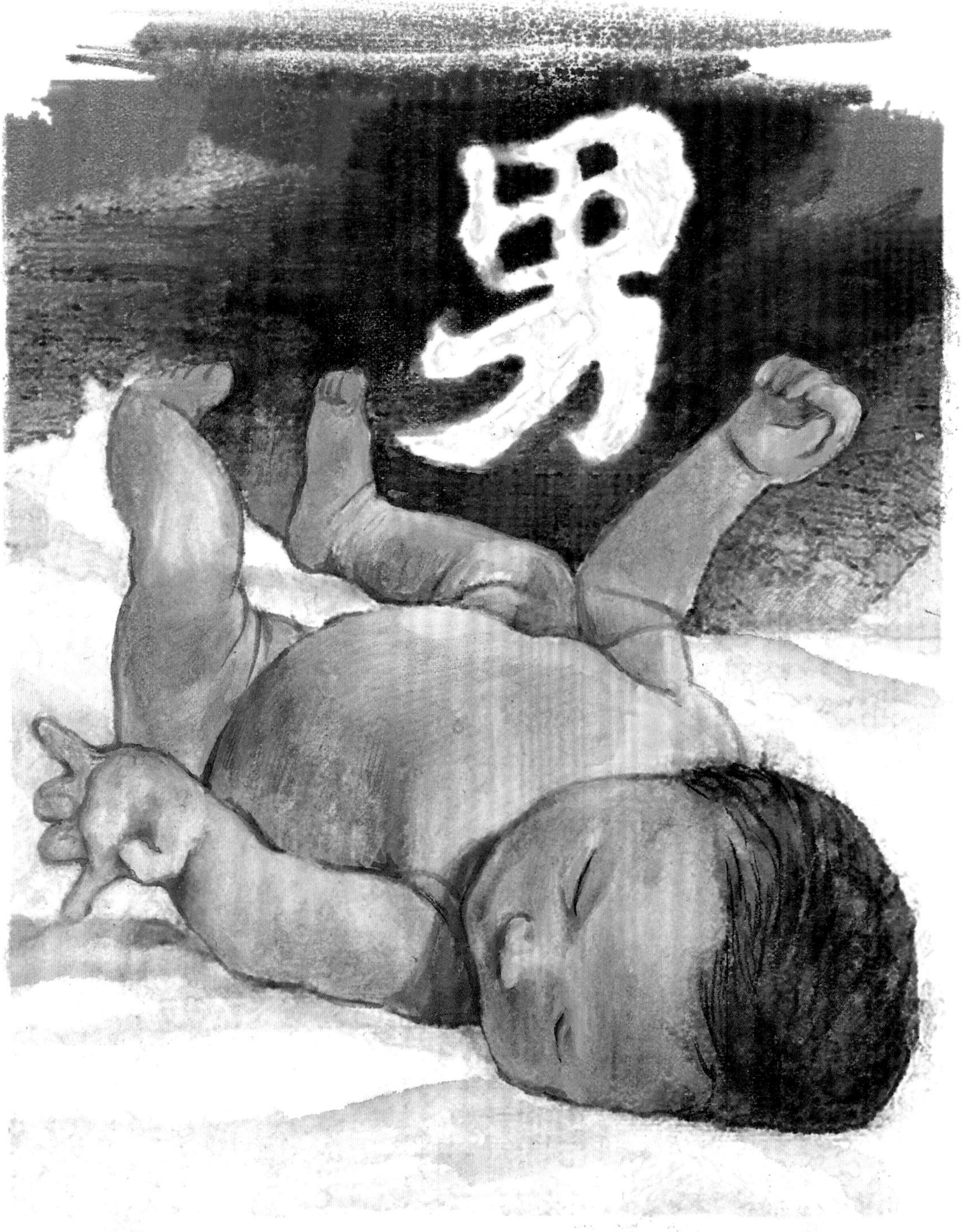
男

고모아주머니가 두 번째 딸을 낳고
그 이름 끝자에 '사내 남' 자를 넣었더니
셋째 번에는 아들을 낳았다.

청안댁 아주머니는 딸만 셋 낳았으나
셋째 딸아이를 옥남玉男이라 짓고서
다음번에는 옥동자를 낳았다.

안동 할머니께서 아시는 신기한 사례는
얼마든지 있었다.

‘사내 남’ 자를 넣고도 여전히 여자 아이를 낳은
어머니들의 숫자도 그만큼은 있음직한데
그런 말씀은 하지 않으셨다.

할머니 댁에서 부엌 심부름을 하는 순남이도
‘사내 남’ 자 순남順男인데
그 동생도 또한 여자가 아니냐고 지적할까 했으나
호의로 말씀하시는 할머니 비위를
공연히 거스를 필요도 없을 것 같아서 덮어두었다.

결국 인경仁京이라고 지었던 이름을

인남仁男으로 고쳤다.

밑져도 본전이라는 심산이다.

仁
京
男

3

셋째 번 아이가 선 것은 작년 가을 일이다.

어머니 될 사람은 희망과 근심을 뒤섞어 느꼈다.

'이번에야, 설마' 하는 생각의 뒤를 따라서
'만약에……' 하는 걱정이 번개같이 스쳤다.

이제는 뒷집 할머니도, 입덧도, 탯줄 박힌 자리도
믿을 수가 없었다.

그는 어떤 용하다는 관상소를 남 몰래 찾아갔다.

배는 아직 부르지 않았고 물론 자기 입으로

태중이라는 이야기를 비치지도 않았다.

그저 평생 운명이 궁금해서 왔다고만 알렸을 뿐이다.

그러나 과연 관상쟁이는 유리창으로 들여다보는 듯이

알아맞혔다.

이미 딸이 둘 있다는 것을 알아맞혔다.

그리고 현재 태중이라는 것을 단언하는 동시에
내년 여름에는 생남하리라는 것을 버젓이
예언하였던 것이다.

너무나 고맙고도 반가운 예언이다.
그리고 믿음직한 예언이다.

뚱뚱하고 의젓한 관상쟁이의 태도에는
대학 교수나 목사님도 못 당할 위풍이 있었던 것이다.

원래는 아들을 낳기 전에는 관상 본 이야기는
숨길 작정이었으나 너무나 신기하고 믿음직한 바람에
참을 수 없어 남편에게 알린 것이다.

그래도 호사다마라니 혹 어떨까 하는
불안한 마음이 가시지 않아
이번에는 만삭 조금 전에 산부인과 의사를 찾아갔다.
순조로이 발육하고 있다는 진단이었다.

성별은 절대적이라고 확언하기는 거북하나,
여러 가지 인상으로 보아서 남자 같다고 분명히 말했다.

물론 절대적이라고 확언하지 않은 것은
인과율 자리에 확률을 대치하는
과학자다운 겸손일 것이다.
그만하면 '남자'라고 명언했다고 보아도 좋음직하다.

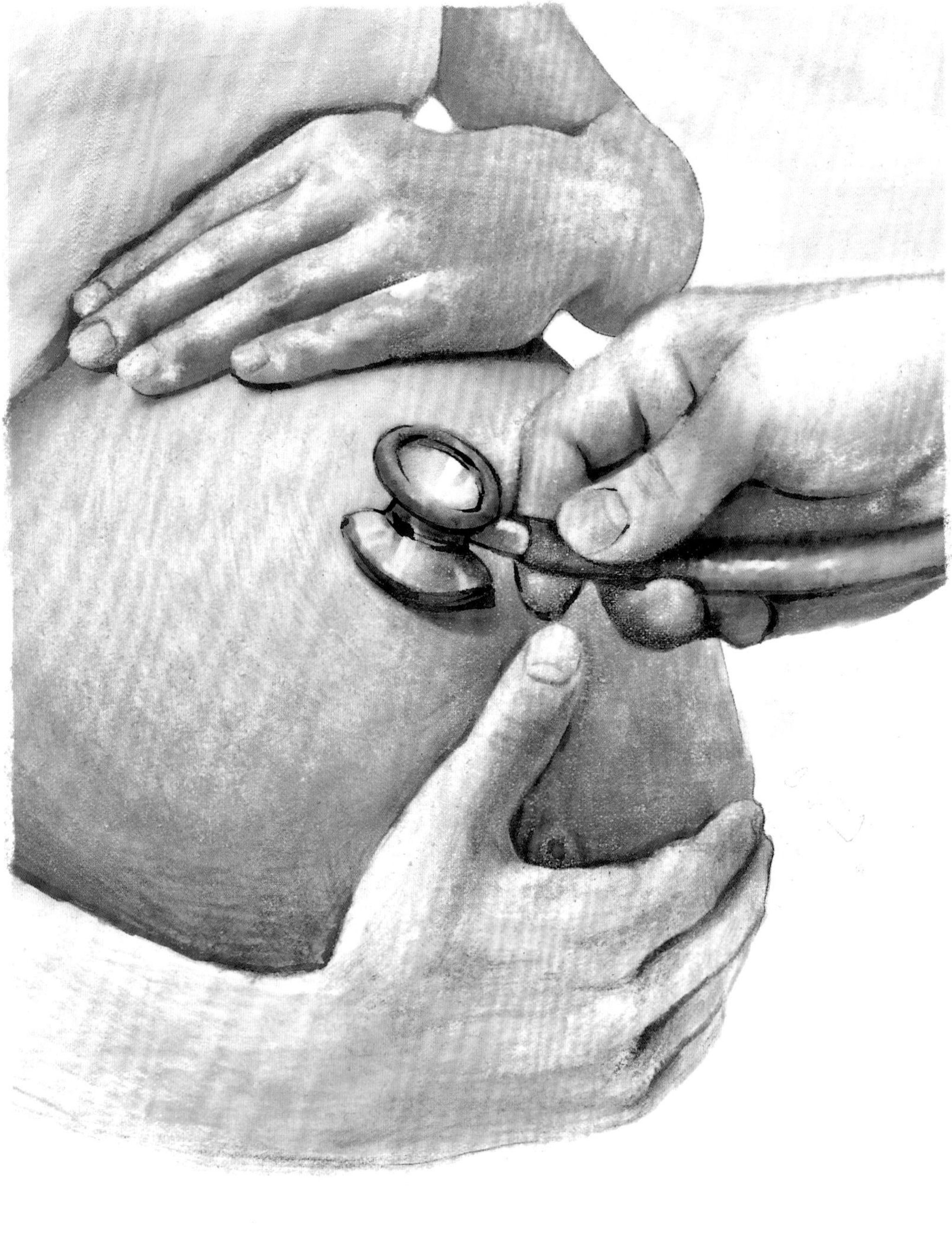

나도 이번만은 믿었다.

동양 철학과 서양 과학이 이구동성으로
보증하는 바에야 믿지 않을 이유가 무엇이랴.
그리고 이번만은 남자이기를 원하였다.

둘째 번까지는 주위에서 떠드는 것을 방청하면서
속으로는 대체로 무관심하였다.

지금이라고 남녀가 동등하다는 것을
부인하자는 것은 아니나, 가정에는 딸과 아들이
고루 섞여 있는 것이 조화가 나으리라고 생각되었다.

그리고 남자를 더욱 깊이 이해하는 것은
남자라는 것을 믿는 나는
장차의 친구를 마련하는 의미에서도
아들 하나쯤은 있는 것이 좋다고 생각하였다.

이번만은 아들이 확실하다고 믿는 아내는
해산 준비에 만전을 기했다.

미역도 품질 좋은 것으로 장만했으며
포대기 감, 기저귀 감도
우리 형편에는 좀 지나칠 정도로
조촐한 것을 끊었다.

몇 번 망설이던 끝에
새 사람을 씻길 큰 양은 함지도 하나 샀다.

지출은 약간 과중했지만

첫아들을 맞이하는 어머니의 성스러운 정성이다.

돈이라는 것은 본래

이럴 때 쓰기 위해서 있는 것이었다.

어느 비바람 심하던 토요일 밤.

늦게 집에 돌아왔을 때

아내는 이미 각오하고 기다리던 자리 위에 누워 있었다.

곧 산파가 달려왔다.

모든 것을 그에게 맡기고 사랑방에 들어가

아들인 경우의 이름을 생각하면서 자리에 누웠다.

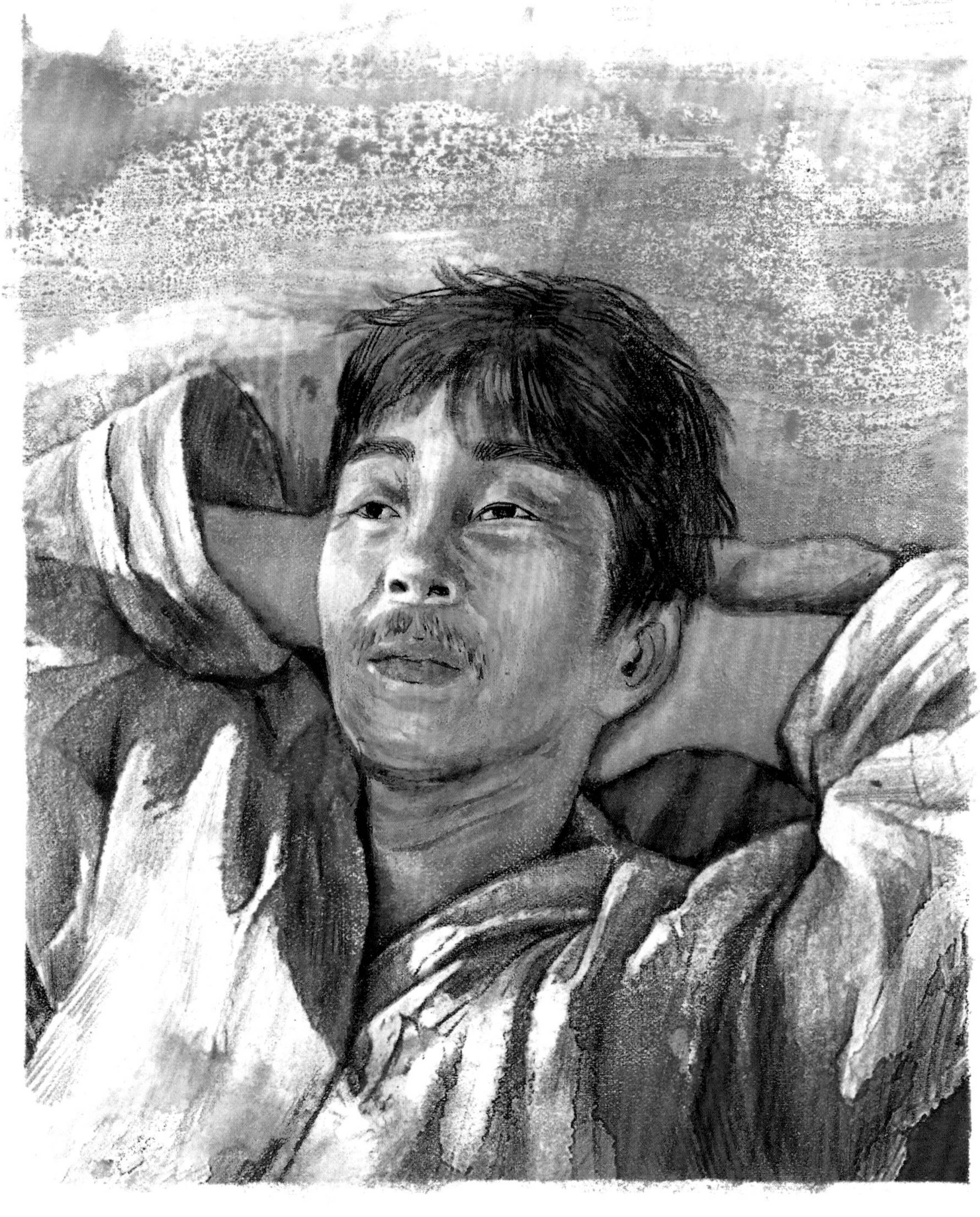

신음하는 소리에 잠이 깨었다.
산파의 기구가 덜거덕거린다.

“으아아, 으아아!”
새 사람의 첫울음 소리다.

뒤를 이어서 뭐라고 하는 말인지 짤막한 대화가 있더니
아내의 긴 한숨소리가 들린다.

잠깐 고요하다.
갓난아이의 울음소리가 또다시 들려온다.

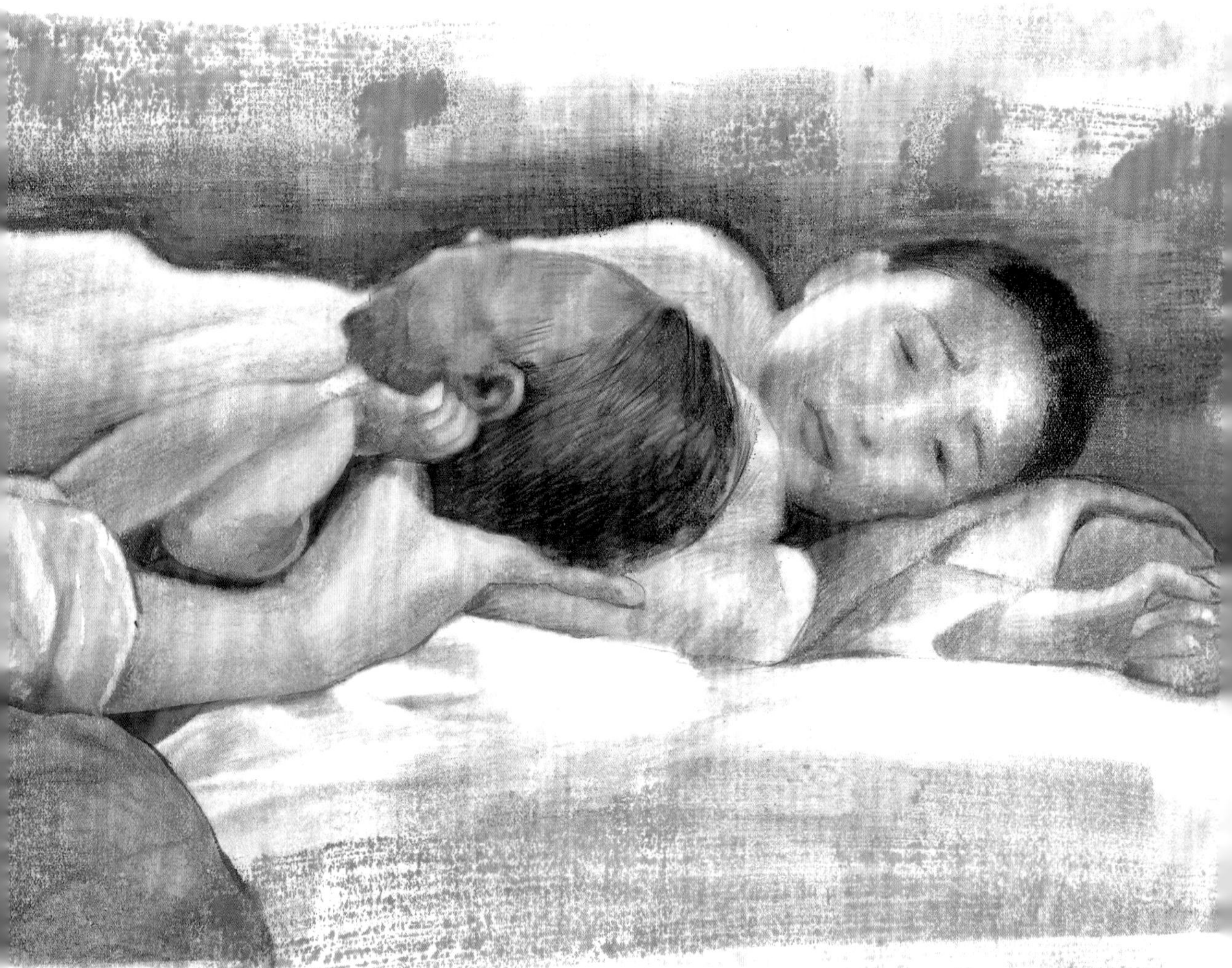

그 소리에 섞여서 어른의 느껴 우는 소리가

나지막하게 들린다.

나는 그것이 무엇을 의미하는지 알았다.

“순산만 했으면 다행이지 무엇을 더 바라느냐”는

광식이 할머니의 철학을 생각하였다.